Luciana Sandroni

Ludi E OS FANTASMAS
DA BIBLIOTECA NACIONAL

ILUSTRAÇÕES DE
EDUARDO ALBINI

2ª edição

Copyright do texto © 2011 by Luciana Sandroni
Copyright das ilustrações © 2011 by Eduardo Albini
Copyright do projeto gráfico © 2011 by Silvia Negreiros

Grafia atualizada segundo o Acordo Ortográfico da Língua Portuguesa de 1990, que entrou em vigor no Brasil em 2009.

Preparação de originais: Bia Hetzel
Editoração eletrônica: Andreia Dias Manes
Revisão tipográfica: Tereza da Rocha e Karina Danza

Dados Internacionais de Catalogação na Publicação (CIP)
(Câmara Brasileira do Livro, SP, Brasil)

Sandroni, Luciana
  Ludi e os fantasmas da Biblioteca Nacional / Luciana Sandroni ; ilustrações de Eduardo Albini. — 2ª ed. — São Paulo : Escarlate, 2022.

  ISBN 978-65-87724-22-5

  1. Literatura infantojuvenil I. Albini, Eduardo. II. Título.

22-125992   CDD-028.5

Índices para catálogo sistemático:
1. Literatura infantil 028.5
2. Literatura infantojuvenil 028.5

Cibele Maria Dias — Bibliotecária — CRB-8/9427

2ª edição

2022

Todos os dircitos desta edição reservados à
SDS EDITORA DE LIVROS LTDA.
Rua Bandeira Paulista, 702, cj. 71
04532-002 — São Paulo — SP — Brasil
☎ (11) 3707-3500
 www.brinquebook.com.br/escarlate
 www.companhiadasletras.com.br/escarlate
 www.blog.brinquebook.com.br
 /brinquebook
 @brinquebook
 /TV Brinque-Book

SUMÁRIO

MEIA-NOITE • 9

LAR, DOCE LAR! • 13

NADA COMO UM DIA APÓS O OUTRO • 17

MUDANÇA DE PLANOS • 25

A CAMINHO DA BIBLIOTECA • 31

O PRIMEIRO SUSTO • 35

A VISITA COMEÇA • 39
(e coisas muy *estranhas acontecem)*

AS INVESTIGAÇÕES SE INICIAM • 49

DOM JOÃO VI NA ESCADARIA • 53

BARULHOS NA SALA DE MANUSCRITOS • 59

PÂNICO NA BIBLIOTECA • 63

"ORA (DIREIS) OUVIR ESTRELAS" • 71

O MARROCOS • 79

DE VOLTA PARA CASA • 85

VER PARA CRER • 89

REFERÊNCIAS BIBLIOGRÁFICAS • 91

SOBRE OS AUTORES • 92

MEIA-NOITE

A Avenida Rio Branco está deserta. Nenhum vestígio da agitação e da correria do dia. Nenhum camelô, nenhum homem engravatado, nenhuma moça chique, nenhuma moto alucinada. Só passam alguns raros ônibus, deixando rastros de monóxido de carbono no ar. No bar Amarelinho, as portas finalmente se fecham. No metrô da Cinelândia, os últimos vultos desaparecem pelas escadarias. Sopra um vento frio que vem da Baía de Guanabara e a população de rua se encolhe debaixo de jornais e papelões. Os morcegos bailam em cima da Biblioteca Nacional. Tudo está fechado no exuberante prédio. Não há viva alma no saguão, na Sala de Periódicos, na Sala de Iconografia, na Seção de Obras Raras, na diretoria, em lugar nenhum. Só os livros respirando baixinho.

Ledo engano! Ao soarem as 12 badaladas, os fantasmas dos escritores, poetas, jornalistas, antigos bibliotecários, pesquisadores, leitores e tantos outros antigos usuários da biblioteca fazem a festa lá dentro! Hã?? Você não acredita em fantasma? Pois eu vou lhe apresentar um agora mesmo: ei-lo ali, falando sozinho, muito aflito. Pois é, os fantasmas também ficam aflitos... O nome daquele ali é Luis Joaquim dos Santos Marrocos, ele foi funcionário da Real Biblioteca portuguesa, ainda no tempo de Dom João VI! Hoje ele está aí na sala da diretoria, ao lado do cofre que guarda as preciosidades da famosa biblioteca. A festa do aniversário de 200 anos da criação da Biblioteca Nacional será comemorada em breve e muitas relíquias do rei serão expostas: bíblias, mapas, moedas e documentos. Mas por que será que o Marrocos está tão preocupado e agoniado? Hum, parece que ele está resmungando alguma coisa com seus botões, vamos chegar mais perto para ouvir.

— Ninguém irá expor a preciosa Livraria Real! Não permitirei tal imprudência. A minha *Bíblia de Mogúncia* ficará bem trancadinha no cofre! Ninguém tocará na primeira edição de *Os Lusíadas*, de Luís de Camões! Ninguém! Nem por cima do meu cadáver! Bem, quero dizer, nem... nem... nem que me lavem e passem como um lençol velho!

O fantasma Marrocos começou a voar para lá e para cá dentro da sala, como que perdido, sem saber o que fazer em seu desespero.

— Cá nesta cidade não há segurança alguma, ora pois! E se algum vândalo aparecer? Até a taça Jules Rimet, o símbolo maior do futebol, foi roubada e derretida! Imaginem! No país do futebol, a taça foi surrupiada... O que farão com meus livros, mapas e gravuras? Não duvido que algum sacripanta entre aqui, roube tudo e ainda venda como papel velho! Não! Em nome de Sua Alteza Real, eu não deixarei que isso aconteça!

Depois de dizer essas palavras com toda a convicção, sentou-se em cima do cofre, levou as mãos ao queixo e, desanimado, balbuciou:

— Mas como, ora pois, se eu sou só um fantasma? Os homens vivos é que mandam aqui, e eles já estão organizando uma exposição para a festa dos 200 anos da biblioteca...

Eis que, de repente, uma lâmpada se fez em cima da cabecinha branca do Marrocos, igual àquelas das histórias em quadrinhos:

— Já sei! Como não pensei nisso antes? Levarei a Livraria Real de volta para Lisboa! De volta para a terrinha! É claro! É o óbvio ululante! Lá ela estará protegida! Sim, com toda a certeza real!

Marrocos abriu o cofre usando a combinação exata. Um fantasma nem precisaria disso, era só enfiar as mãos através das paredes de chumbo, mas o bibliotecário, mesmo tendo mais de 100 anos de experiência como alma penada, ainda não tinha se acostumado com essas facilidades fantasmagóricas. Pegou os livros e documentos mais importantes e os arrumou com todo o cuidado em caixotes.

— Pronto! Agora é hora de partir. Adeus, Rio de Janeiro. Lisboa, aqui vou eu! E dessa vez não embarcarei naquela fragata caindo aos pedaços. Ai, como penei naquela viagem! Retornarei voando, ora pois!

Epa!!! Espera aí um momento! Essa história é da Ludi! Onde está ela? E sua família? Seu Marcos, dona Sandra, Marga, Rafa, Chico? Cadê a turma toda?

Que tal congelar a cena do primeiro capítulo com o nosso fantasma estressado e ver onde se encontrava a família Manso uns dias atrás?

Vamos lá? Então, vire a página, ora pois!

LAR, DOCE LAR!

Dona Sandra não via a hora de chegar em casa depois de um dia exaustivo de trabalho, com reunião de pauta, busca de informações, ligações para Deus e o mundo, entrevistas com políticos e geólogos sobre o petróleo do pré-sal e ainda por cima aguentando o humor, quer dizer, o mau humor do chefe da redação do *Correio Carioca*, o Pacheco.

A tarde tinha sido dose para leão. De dois em dois minutos, o chefe esbravejava com aquela voz de baixo profundo:

— Sandra Manso! Cadê a matéria do pré-saaal?!

A palavra "sal" ecoava pela redação e a equipe precisava segurar as mesas e os computadores porque, quando o Pacheco gritava, o prédio inteiro tremia, a papelada voava e os computadores quase despencavam no chão.

— Um minuto, Pacheco...

Mas agora a mãe da Ludi já estava bem longe da redação e do seu chefe pré-histórico. Em pé, dentro do metrô lotado, espremida que nem sardinha em lata, ela seguia para casa sonhando em ser promovida para o Caderno de Cultura para poder entrevistar ninguém mais ninguém menos que Chico Buarque.

Depois pensou em coisas mais triviais, por exemplo: o que a Marga teria feito para o jantar? Empadão de frango? Torta de palmito?

Com tantas calorias na cuca e seus exames indicando que precisava cuidar melhor de sua saúde, a culpa não demorou a pesar e ela logo se lembrou das caminhadas no Aterro do Flamengo que nunca saíam da agenda. E aquelas benditas aulas de pilates, quando começariam?

— Atenção, senhores passageiros! Próxima estação: Flamengo — as palavras mágicas da maquinista a salvaram da sofrida ginástica mental.

— Uêba! Casinha! Banho! Jantar! Caminha!

Lá se foi dona Sandra cantarolando pelas escadas rolantes, até sair do metrô e se deparar com... uma tempestade de verão em plena primavera! São Pedro, como sempre, escolhe a dedo a hora da chuva: o exato momento em que todos estão voltando para casa.

— Bom, ao menos tenho um guarda-chuva — disse para si mesma, polianamente.

A Rua Senador Vergueiro já havia se transformado em um Rio Amazonas, mas a vontade de chegar em casa era tanta que dona Sandra encarou o rio caudaloso assim mesmo. Em dois minutos de tempestade, os sapatos já estavam encharcados e o guarda-chuva não tinha utilidade alguma.

— Agora entendi por que esta geringonça custou cinco reais...

Chegou ao seu prédio sã, salva e ensopada. Deu boa-noite para seu Juca, o porteiro, e subiu. Lar, doce lar!

Ao abrir a porta do elevador, foi literalmente atacada pelos filhos, que pulavam de alegria. Ludi, Rafa e Chico, em coro, desataram a falar, um depois do outro, sem dar tempo para a pobre mãe piscar.

— Mãe, a Marga teve de ir ver a prima lá em Mesquita e, infelizmente, não teve tempo de fazer o jantar — disse Rafa.

— A prima da Marga *tá* com pedra no rim. Que é isso, mãe? Ela engoliu pedra? — perguntou Ludi.

— Papai disse que *tá* numa reunião e vai chegar atrasado — avisou Chico.

— Mãe, você *tá* toda molhada!

Dona Sandra custou a acreditar no quadro terrível que estava sendo pintado para as próximas horas – sem Margarida, sem jantar, sem Marcos, molhada até os ossos e com os três filhos pulando em cima dela.

O que fazer? Atirar-se do nono andar? Não, calma, as coisas não iam tão mal assim.

— Mãe, eu, como filho mais velho, vou te ajudar a solucionar esse problema. É só ligar para o Disque Pizza!

— A gente sabe que a regra aqui em casa é comer pizza e tomar refrigerante só no fim de semana, mas...

— Você deve estar cansada, né? Não vai fazer arroz e feijão a esta hora — argumentou Ludi, sabiamente.

— Se a gente pedir duas pizzas grandes, o refrigerante é grátis!

Foi só o Chico dizer a palavra "grátis" que a luz se apagou e... BUM!!!!!

Pois é. Tudo que está caótico pode ficar pior ainda.

— Ih! Será que é apagão? — perguntou Ludi, indo para a janela tentar ver o que estava acontecendo.

— Por que, *tá* com medinho de fantasma? — implicou Chico.

— Que mané fantasma! Eu queria era ver o jogo na televisão.

— Caraca, é mesmo, o jogo!

De repente, os três se deram conta de que dona Sandra não havia dito uma palavra sequer desde que chegara.

— Mãe? *Tá* tudo bem?

Chocada com os últimos acontecimentos, dona Sandra sentiu imensa saudade do Pacheco. Pensando bem, era melhor dar mais uma revisada naquela matéria do pré-sal. Olhou para a porta do elevador, começou a dar meia-volta. Depois pensou nas crianças. Pensou no cheirinho da pizza... Afinal jogou a bolsa e o guarda-chuva no chão, abriu os braços e disse:

— O.k., crianças, vocês venceram. Liguem para o Disque Pizza!

— Oba!

NADA COMO UM DIA APÓS O OUTRO

No dia seguinte, a mãe da Ludi foi presenteada com uma bela manhã de sol, as crianças indo calmamente para a escola, um bom café da manhã com seu Marcos, o metrô andando razoavelmente bem e o Pacheco – milagre! – de bom humor.

— Sandrinha, você tem se esforçado muito e merece um prêmio: acabo de te transferir para o Caderno de Cultura e, de cara, você já vai fazer uma matéria com chamada na capa!

— Eu?! — perguntou dona Sandra, sem acreditar no que ouvia.

Pacheco começou a andar de um lado para o outro, falando, todo empolgado:

— Quero que você prepare uma matéria sobre o aniversário da Biblioteca Nacional, que faz 200 anos em outubro de 2010. Quero uma matéria grande. Será que o carioca conhece os tesouros que essa biblioteca abriga? As raridades? As preciosidades? Entreviste os diretores, os funcionários e o público. Como serão as comemorações dos 200 anos? Parece que eles vão fazer uma exposição. Quero muitas fotos também. Ah, e pode me entregar na segunda-feira.

Dona Sandra se beliscou para ver se estava sonhando. Uma matéria sobre a maravilhosa Biblioteca Nacional e que poderia ser entregue na segunda!

A mãe da Ludi só fazia matérias sobre assuntos cabeludos, como tiroteios, greve em hospital, enchente, desabamento de morro, e tudo sempre para ontem. Agora ela teria de fazer um artigo sobre um dos lugares mais lindos do Rio e com tempo de sobra! Que bicho teria mordido o Pacheco? Dona Sandra quase deu um beijo no chefe, mas se conteve e deu só um abraço.

— Começarei agora! Vou entrevistar o diretor, os funcionários, os pesquisadores...

— Então, já para a rua, Sandra Manso! — disse o jornalista.

Não pensem vocês que o Pacheco demitiu a mãe da Ludi. "Ir para a rua", em linguagem jornalística, quer dizer sair atrás de notícia, de informação. Quem sabe ela não conseguiria um "furo", isto é, uma notícia surpreendente e importante que ninguém publicou ainda.

Dona Sandra saiu com o Teixeira, da equipe de fotógrafos. Foram direto para a Cinelândia. Lá, ela fez

entrevistas com os chefes de cada departamento, com os pesquisadores, e também recolheu informações em livros. No final da tarde, dona Sandra já estava com um bom material para começar a matéria. Soube que a Biblioteca Nacional programava uma grande exposição com várias raridades do seu acervo: bíblias antiquíssimas, primeiras edições de livros clássicos, mapas, moedas, enfim, tudo o que veio para cá com a Família Real e outras coleções. Infelizmente, porém, ela não descobriu nenhum grande "furo".

Na volta para casa, dona Sandra ganhou uma carona do Teixeira. Que alegria! Sem ter de enfrentar o metrô, sem chuva, sem apagão e o melhor de tudo: Margarida de volta com jantarzinho na mesa.

— Ah, Marga, não sou ninguém sem você! E a sua prima? Melhorou? — disse, abrindo o forno para ver o que cheirava tão bem.

— Ah, teve de entrar na faca. Tirou uma pedrinha assim...

— Coitada.

Sentadas à mesa, as crianças, como sempre, alvoroçadas, falavam ao mesmo tempo.

— Pai, você tinha de ver a cara da mamãe ontem — disse a Ludi.

— Toda ensopada, e quando a gente falou que não tinha jantar ela ficou branca — continuou Chico.

— Parecia um fantasma.

Todos riram e imitaram a expressão de horror da mãe. Dona Sandra se defendeu:

— É claro, depois de um dia de trabalho cansativo o que eu mais almejo é jantar com minha família. E o que encontrei ontem? Três crianças esfomeadas que nem sequer me perguntaram se eu queria uma toalha, não é?!

— Que tratantes! — ralhou seu Marcos.

Ludi, Rafa e Chico ficaram sem graça.

— Ah, mãe, depois a gente perguntou...

A Marquesa dos Bigodes de Chocolate tratou de mudar de assunto:

— Mãe, o que a gente vai fazer no fim de semana?

— Não sei, filha... Eu tenho de acabar uma matéria sobre a Biblioteca Nacional. Aliás, que lugar lindo, vocês precisavam conhecer. Ei! — disse, tendo uma ideia. — E se nós fôssemos lá? Vocês iriam adorar. É um lugar mágico!

— Eu topo — disse seu Marcos, entre uma garfada e outra.

Margarida, que ouvia tudo, atenta, perguntou, assim como quem não quer nada:

— É a biblioteca que fica no Centro da cidade?

— Isso mesmo, na Avenida Rio Branco. Você também podia vir com a gente, Marga. Fazemos a visita guiada todos juntos.

Marga não acreditou naquela conversa. Abriu a boca e os olhos de espanto:

— Vocês estão falando sério? Centro da cidade com a Ludi, o Rafa e o Chico? Isso significa confusão. Ou vocês se esqueceram da "Reviravolta" da Vacina?

— Ah, Marga, estamos falando de um passeio dentro de uma biblioteca. O que pode acontecer de errado?

As crianças, por motivos diferentes dos da Marga, também não se animaram muito, ou melhor, não se animaram nem um pouco.

— Ah, mãe, visitar uma biblioteca no sábado? Que ideia... Prefiro jogar bola no *play*.

— Aposto que lá a gente tem de ficar em silêncio e não pode tocar em nada. *Tô* fora!

— Eu preciso estudar para a prova — disse Rafa, sempre muito maduro.

Marcos e Sandra ficaram bobos com a reação dos filhos.

— Mas, crianças, a Biblioteca Nacional é um lugar histórico. Uma preciosidade do Rio. Ela guarda livros raríssimos. Alguns até vieram para cá junto com a Família Real...

Antes que seu Marcos terminasse a frase, Margarida foi logo interrompendo:

— Família Real? De novo? Aquele rei, príncipe, sei lá o que do "Período Joãozinho"?

— Período Joanino — corrigiu seu Marcos.

— Pois é, esse mesmo. Sei não, se eu fosse vocês, ia para Paquetá fazer um piquenique e ficava bem longe do Centro.

— Ah, o que é isso, Marga, a gente não vai atravessar o Arco do Teles dessa vez. Só vamos visitar uma biblioteca linda ali na Cinelândia. O que pode acontecer?

— Tudo, dona Sandra! Com a Ludi, tudo pode acontecer.

Ludi, Rafa e Chico, unidos, trataram de escapar de qualquer maneira daquele programa.

— Por que você e o papai não vão juntos para essa biblioteca? — sugeriu Rafa.

— É mesmo. Vocês precisam de um tempo para namorar. Filho a toda hora cansa — disse Ludi, como se tivesse uma penca de filhos.

Seu Marcos e dona Sandra trabalhavam de segunda a sexta e gostavam de fazer programas familiares nos fins de semana, mas, pelo jeito, aquele programa novo não tinha agradado.

— Tudo bem. Já que vocês não querem...

— Ninguém vai ser obrigado.

— É melhor deixar eles aqui, dona Sandra. Essa turma no Centro da cidade não dá boa coisa, não...

— Mas amanhã é sábado, sua folga, Marga. Eles não podem ficar sozinhos sem a gente.

— Olha, dona Sandra. Acho que consigo trabalhar amanhã.

— Certo. Então, depois acertamos essas horas extras com você direitinho.

E assim ficou combinado o sábado: os filhos em casa e os pais na Biblioteca Nacional.

MUDANÇA DE PLANOS

NO SÁBADO, COMO SEMPRE, a família Manso descontava o "sono recolhido": todos aproveitavam para dormir o sono acumulado durante a semana. Margarida, que chegava cedo todos os dias, dizia: "Esta família dorme mais do que a cama!".

Dona Sandra foi a primeirona a acordar e, em vez de correr para o seu jornalzinho amado, foi direto para suas anotações sobre a Biblioteca Nacional e para o computador. Quando o relógio marcava 11h30, resolveu chamar a tropa para o café. Foi até o corredor e gritou:

— Ludi, Rafa, Chico! Vamos acordar, cambada! Está fazendo um dia lindo!

— Ai, mãe, mas hoje é sábado! — protestou Ludi, se enrolando no lençol como uma múmia.

Rafa e Chico também resmungaram alguma coisa e viraram para o outro lado na cama.

— Você também, Marquito! Levanta, querido!

Daí a pouco apareceram todos com aquelas caras amassadas, andando e se mexendo devagar, como se o motor ainda não tivesse pegado. Cada qual se sentou em seu lugar à mesa. Seu Marcos abriu o jornal como se estivesse sendo filmado em câmera lenta. Dona Sandra, em outro ritmo, servia o café, toda animada, falando sobre as leituras da manhã:

— É incrível o acervo da biblioteca. Eles têm simplesmente dois exemplares de uma bíblia produzida em 1462!

— Nossa! 1462! — disse seu Marcos, atrás do jornal, sem prestar atenção no que estava dizendo.

— Que livro velho, hein, mãe! Deve estar caindo aos pedaços.

— É uma relíquia, uma obra rara, Chico, e está muito bem conservada. Mas só pode ser manuseada por pesquisadores cuidadosos, de luvas. O nome dela é *Bíblia de Mogúncia*.

— Mogu o quê?

— Mogúncia é uma cidade na Alemanha onde Gutenberg nasceu. Foi ele quem mudou o método de impressão, ao inventar o tipo móvel, multiplicando o número de exemplares produzidos. Assim nasceu a imprensa.

— Ah, então é por causa dele que a senhora é jornalista? — perguntou Marga.

— De certo modo, sim. Mas a *Bíblia de Mogúncia* é uma raridade! Os editores dessa bíblia trabalharam com Gutenberg! Imaginem só! E há dois exemplares dela logo ali, no Centro da cidade.

— E a gente pode ver essas raridades?

— Infelizmente, não, Marga. Elas ficam trancadas a sete chaves em um cofre. Mas podem ser vistas pela Biblioteca Digital, na internet! Além da *Bíblia de Mogúncia*, a biblioteca tem um *Livro de horas* do século xv, raríssimo.

— E claro que também *tá* trancado no cofre...

— Não se pode ver o livro original, mas há uma cópia que fica exposta na biblioteca.

— Puxa, mas o que é que se pode ver de verdade nessa biblioteca, assim, pegando com a mão da gente?

— Muitos livros, Marga. Lá fica guardado um acervo de 10 milhões de livros! Obras do Brasil todo e do mundo inteiro. Também há revistas e jornais de várias épocas. Só que, claro, existem muitos livros que não podem ser consultados porque precisam de restauração, aí eles vão para o "cemitééério"... — disse dona Sandra, num tom assustador.

Nessa hora, Ludi e Chico acordaram.

— Cemitério?!

— Cemitério de livros?

— É o lugar onde os livros danificados esperam a restauração, uma espécie de hospital de livro. Depois do tratamento, eles ficam como novos e muita gente brinca que os fantasmas dos escritores aparecem lá para agradecer.

— Jura?! — perguntou Ludi, espantada.

— Ai, minha gente! Cemitério, fantasma... Agora é que eu não quero ir a essa biblioteca mesmo! — disse Marga, assustada.

— Brincadeira deles, né, Marga? Quer dizer, alguns funcionários contam que uma bibliotecária que trabalhou lá durante uns 40 anos aparece de vez em quando para dar bronca nos colegas. Mas é tudo gozação. Já pensou? Seria um bom furo para a minha matéria: "Bibliotecária fantasma assombra a Biblioteca Nacional!".

Enquanto os pais foram se arrumar para o passeio e Marga foi se preparar para a feira, Ludi e Chico se entreolharam, desconfiados, e começaram a cochichar:

— Será que essa biblioteca tem fantasma mesmo?

— A gente podia ir até lá e fazer umas investigações! Com a minha lente de aumento, vamos descobrir tudo!

— Chico, ninguém caça fantasma com lente de aumento.

— Por que não? Para mim isso é mais um caso fantasmagórico para o Detetive Aranha!

Ludi e Chico estavam numa fase de amar vampiros, caveiras, fantasmas, enfim, tudo que fosse bem sombrio e macabro era com eles. Viviam brincando de fazer "cavernas" com lençóis, apagando as luzes e vendo filmes de terror antigos.

Mas e o Rafa? Não curtia um frio na barriga?

O irmão mais velho, que estava mergulhado nos estudos, riu:

— Vocês são muito bobos de acreditar nessas coisas.

— Tudo bem, você só vai perder a melhor oportunidade da sua vida de tirar uma foto do fantasma da biblioteca ou, quem sabe, dos fantasmas da biblioteca...

— Ahã... Manda meu abraço para eles, Ludi.

Seu Marcos e dona Sandra se arrumaram, rapidinho, e já estavam prontos para sair.

— Bom, crianças, comportem-se, hein? A gente vai almoçar mais tarde lá pelo Centro mesmo.

— Pai, mãe, já que vocês insistem, eu e o Chico vamos também! — disse Ludi.

Os pais ficaram surpresos.

— Ué, mas não eram vocês que não queriam ir de jeito nenhum? Que achavam biblioteca um saco? Que milagre é esse? — perguntou seu Marcos.

— Ah, é que... depois que a mamãe falou da *Bíblia de "Morúncia"*...

— O nome certo é Mogúncia, Ludi.

— Aí ficamos interessados...

— E você, Rafa?

— Bom, já que todos vão, eu posso estudar depois. Vou pegar a minha câmera! — disse, se animando.

Dona Sandra e seu Marcos não entenderam aquela mudança radical de comportamento, mas a Margarida, que veio lá de dentro com sacola de feira e tudo, ficou muito desconfiada:

— Ué... Ontem ninguém deu bola para o passeio e agora vai todo mundo?

— É que a gente quer ver a *Bíblia de "Morúncia"*.

— Mas a dona Sandra disse que ela está no cofre, trancada a sete chaves.

— Ah, é só pedir a um fantasma que pegue pra gente.

— Fantasma? Ah! Então é isso, né? Viu, dona Sandra? É isso que essa turma quer ver. Não é livro, não, é fantasma!

Dona Sandra riu.

— Ótimo, assim aproveito e faço uma entrevista exclusiva com um fantasma. Vai ser o grande furo da minha matéria — brincou a jornalista. — Vem, Marga, vem conosco você também.

— Mas, dona Sandra, a senhora não *tá* entendendo... Com essa turma, cautela e caldo de galinha nunca são demais!

— Por falar em caldo de galinha, será que é bom levar um lanchinho? Eles não comeram nada no café e o almoço vai sair tarde. E o guarda-chuva? Pode cair uma tempestade daquelas...

— Não, mãe. *Tá* um dia lindo!

— Ah, não, mãe, vai ser o maior mico levar lanche e guarda-chuva pra biblioteca!

— É verdade. Nada de lanche e muito menos de chuva — disse seu Marcos, puxando todos para o elevador para ver se a família repenica saía de uma vez.

A CAMINHO DA BIBLIOTECA

O FUSQUINHA DO SEU MARCOS ia devagar e sempre. O pai da Ludi tinha verdadeiro amor pelo carro. Dona Sandra sentia até ciúme, e as crianças, é claro, viviam implorando ao pai que o trocasse por um carro um pouco mais moderno; mesmo que fosse um da década de 1980, de duas portas, já estava bom.

Rafa, Chico, Ludi e Marga iam bem apertados no banco de trás e, como sempre, começaram as reclamações:

— Pai, este seu fusquinha é o maior mico. Acho que ele é mais velho que a nossa televisão — disse Chico.

— Ele é de 1968. A única coisa boa desse ano é este fusquinha. E, meu filho, ele não é velho. É uma antiguidade, e está muito bem conservado.

— Então devia ficar que nem a *Bíblia de "Morúncia"*, trancado num cofre a sete chaves — brincou Ludi.

— Muito engraçadinha... E não é "Morúncia", é Mogúncia. Mas reparem como as pessoas olham para o meu fusca com admiração.

— Com admiração por ele ainda andar, né, pai?

— Quem não estiver satisfeito, pode saltar e pegar um ônibus ou ir a pé — disse seu Marcos, fazendo aquela cara de pai irritado.

— Isso mesmo, seu Marcos. Dá uma lição nessa meninada. Que mania de reclamar de tudo! Quando eu era criança, tinha de trabalhar, e não ia de fusquinha, não, ia a pé — apoiou Marga.

— Poxa, Marga... que triste. Isso não deveria acontecer — lamentou Rafa.

É claro que depois desses dois foras ninguém mais falou mal do fusquinha.

Dona Sandra estava doida para continuar aquela "aula" sobre a Biblioteca Nacional e foi o que fez durante o caminho.

— Quem sabe quando a Livraria Real chegou aqui?

— Em 1808, junto com a Família Real — disse Rafa.

— Não, senhor.

— Errou, burraldo! — provocou Chico.

— E você sabe a resposta, espertinho? — perguntou o irmão.

— Não...

— Sem brigas, meninos... Olha, essa história é engraçada. Quer dizer, na verdade, é meio trágica. Imaginem que, quando a Família Real estava fugindo da invasão de Napoleão e vinha para cá, a correria foi tão grande e

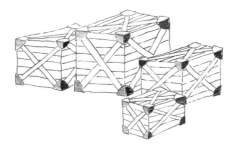

estavam todos tão aflitos na hora do embarque que esqueceram os caixotes de livros no porto de Lisboa.

— Esqueceram a bíblia lá? Que gente mais doida!

— Além da bíblia, mapas, livros, moedas, gravuras, enfim, coisas muito preciosas ficaram ali, esquecidas no porto, pegando chuva e vento, até que perceberam e tudo foi guardado de volta no Palácio Real. Um tempo depois, quando o Príncipe Regente se instalou aqui no Rio, ele e seus ministros ficaram muito ocupados com todas as providências para instalar aquela multidão de nobres na cidade, para publicar todos os decretos...

— É... Para expulsar as pessoas das casas colocando o "PR" na porta dos coitados dos cariocas. A gente sabe, né, mãe? A gente tentou fazer a Inconfidência Carioca. Pena que não deu certo...

— E por um triz a família toda não foi para a forca! — lembrou Marga, com um calafrio.

— Mas, então, voltando ao assunto: só em 1810 o rei mandou vir a Livraria Real para cá. Os bibliotecários reais vieram acompanhando aquele tesouro em livros e documentos. Dom João decretou que nas catacumbas do Convento da Ordem Terceira do Carmo, ali perto do Paço Imperial, fosse construído um prédio para abrigar a biblioteca.

— Nas "cata" o quê?

— Nas catacumbas do convento, Ludi. Uma espécie de cemitério nas galerias subterrâneas.

Chico e Ludi, é claro, se entusiasmaram:

— Catacumbas! Que máximo! Eu não sabia que a história da biblioteca era tão sinistra.

— Se a biblioteca começou num cemitério, deve *tá* cheia de fantasmas mesmo!

— Mas é pra essas catacumbas que a gente *tá* indo? Eu não vou, não! Para o fusquinha aí, seu Marcos!

— Não, Marga. Isso faz muito tempo. O acervo da biblioteca cresceu demais e necessitou de um prédio especial só para ele. E aí foi construída a Biblioteca Nacional, inaugurada em 1910, ali na nossa tão conhecida Avenida Central, hoje Avenida Rio Branco.

Depois de muitas explicações, afinal, chegaram ao destino. Estacionaram com facilidade, não só porque o fusquinha é pequeno mas também porque, aos sábados, o Centro do Rio de Janeiro fica mesmo entregue às moscas e aos fantasmas!

O PRIMEIRO SUSTO

VOU LOGO AVISANDO que o primeiro susto dos Manso não foi com o primeiro fantasma, e sim com a aparição de uma terrível...

Calma lá! Vamos contar essa história tim-tim por tim-tim:

A família Manso estava na escadaria da Biblioteca Nacional. Rafa tirava fotos de todos reunidos diante do monumental prédio, que ocupa um quarteirão e é repleto de janelas, colunas e tem uma enorme cúpula. Ludi e Chico, com os olhos arregalados, só cochichavam sobre fantasmas.

— Esse é o prédio mais assustador que eu já vi! — exagerou Ludi.

— É mesmo. É sinistro! Olha essas colunas enormes. Parece um palácio mal-assombrado.

— Olha quanta janela! Se esse lugar aí não tem fantasma, qual é que vai ter?

— Aquele outro prédio ali, com telhado preto — disse Chico, apontando para o Centro Cultural da Justiça Federal.

— Caramba! O Centro da cidade é todo mal-assombrado! *Tá* na cara! Quer dizer, *tá* nos prédios!

Dona Sandra, muito animada, só tecia comentários sobre a arquitetura das construções.

— Olhe, pessoal! Reparem que prédios lindos. São todos da mesma época. A biblioteca é em estilo eclético, que é uma mistura de vários estilos da arquitetura, como o clássico, o medieval, o barroco...

— Olhem o Teatro Municipal, como está bonito depois da reforma.

— É mesmo, seu Marcos. Que beleza! Tudo isso dourado é feito de ouro de verdade?

— De ouro verdadeiro! E ali, naquela esquina, fica o Museu de Belas-Artes.

— Tudo é lindo, maravilhoso. Mas agora vamos entrar! Os fantasmas estão esperando pela gente! — disse Ludi, sem paciência.

A turma subiu a escadaria e entrou no saguão. De repente, a Marga, toda distraída, olhou para o lado e deu um grito de susto e pavor:

— Aiii! Socorrooo!

— Que foi, Marga? — acudiu dona Sandra.

— Olha que horror aquilo ali!

Todos olharam para um imenso painel, bem na entrada, com uma pintura de uma caveira pavorosa montada em um cavalo voador. Tinha unhas compridas e vermelhas, e em uma das mãos segurava uma faca ensanguentada.

— Acho que as crianças têm razão. Esta biblioteca é assombrada, seu Marcos — disse Marga, tremendo que nem vara verde.

— Que é isso, Marga! É só uma pintura.

— Eu sei que é uma pintura, mas não deixa de ser assustadora!

— É sinistra! — completou Chico, que, como vocês já devem ter percebido, estava com mania de dizer que tudo era "sinistro".

Nesse momento, um senhor gordinho, de gravata borboleta, que parecia ter saído de um filme da década de 1940, se aproximou para se apresentar, cheio de trejeitos:

— Boa tarde. Vocês vieram fazer a visita guiada? Ela começará em alguns minutos. Meu nome é Botelho. Muito prazer.

— Prazer, senhor Botelho. Paramos aqui porque esse painel nos chamou a atenção — disse seu Marcos.

— Claro. Essa pintura é de George Biddle, de 1942. Chama-se *Ignorância*. Essa caveira é a figura da morte. O artista quis dizer que um mundo sem livros, sem conhecimento, leva à ignorância e à violência. Vejam ali embaixo as pessoas se agredindo.

— Ah, mas seu Botelho, tem de tirar isso daqui. Deve assustar as crianças...

— Pois eu acho que essa é a parte que as crianças mais amam — disse Ludi, sem tirar os olhos da caveira.

— Vejam, ali do outro lado há um painel mais bonito — indicou o guia, usando toda a sua simpatia.

De fato, no lado oposto do salão havia uma outra pintura enorme, em que uma mulher sobrevoava um campo lindo e verde.

— A mulher representa a sabedoria, o estudo, os livros. Isto é, o conhecimento gera harmonia e paz.

— Ah, essa é bem mais bonita — disse Marga, mais calma.

— Agora, então, vamos nos juntar aos outros e iniciar a visita guiada — disse o senhor Botelho, encaminhando a família Manso para o saguão da biblioteca.

E nós vamos com eles!

A VISITA COMEÇA
(e coisas muy *estranhas acontecem)*

O SALÃO ERA ENORME, todo de mármore, cheio de colunas, com lustres lindos e uma escadaria coberta por um belo tapete vermelho. O prédio tinha quatro andares, e corredores por todos os lados. Lá no alto, no teto, havia um vitral todo colorido, vindo da França. A biblioteca era um verdadeiro palácio, só que sem rei ou rainha. Dona Sandra imaginou anjos voando por ali. Já Ludi e Chico só viam fantasmas em tudo que era canto, fazendo caretas e piruetas. Rafa pensou em tirar fotos incríveis de todos os ângulos, mas desanimou quando o senhor Botelho avisou:

— Infelizmente, não é permitido que toque ou se aproxime das peças nem que entre com telefones celulares ou máquinas fotográficas. Por favor, guardem suas bolsas e mochilas nos armários ali perto do balcão de entrada e levem apenas o que não danifique as raridades da biblioteca.

Ao pé da escada, no saguão, estavam outras pessoas que iam fazer a visita: um jovem casal do Recife, um senhor de Salvador, outro casal vindo de Florianópolis e duas moças francesas. Do Rio, só os Manso. Depois que todos deixaram os pertences nos armários, o guia começou a explicar a história da biblioteca.

— Bom dia a todos. Serei o guia de vocês. Meu nome é Botelho. Os primórdios da Biblioteca Nacional remontam à história medieval de Portugal. Dom João I, rei daquele país entre 1385 e 1433, foi o idealizador da biblioteca ou livraria, como era chamada naquela época. Ele iniciou uma coleção de livros que acabou sendo reconhecida como uma das maiores da Europa naqueles tempos. Séculos depois, porém, em 1755, houve um terrível terremoto em Lisboa, seguido de um incêndio horroroso, que destruiu quase toda a Livraria Real.

— Mas, então, como ela chegou aqui? — perguntou o senhor de Salvador, que se chamava Abelardo e anotava tudo que o seu Botelho dizia.

— Graças a Dom José I, outro rei de Portugal, pai de Dona Maria, a Louca, e avô de Dom João VI. Ele resolveu refazer a biblioteca. Conseguiu resgatar o que sobrou do incêndio e mandou homens de sua confiança a outros países, para adquirirem obras raras. Além disso, muitas obras foram doadas pelos súditos, ou confiscadas pelo rei, como a coleção de livros dos jesuítas. Com a vinda da Família Real para o Brasil, em 1808, a Real Biblioteca veio também e, em 1810, foi instalada no prédio da Ordem Terceira do Carmo, que ficava perto do Paço.

— Nas catacumbas! — gritou Ludi.

— Isso mesmo, nas catacumbas. Como é que a menina sabe disso? — espantou-se o guia.

— Ué?! Foi minha mãe quem contou...

O senhor Botelho riu e continuou a falar:

— Depois de passar um tempo na Ordem Terceira do Carmo, o acervo foi levado para a Rua do Passeio, ali para o prédio onde hoje fica a Escola de Música da UFRJ. Em 1910, finalmente, a biblioteca foi transferida para este monumental prédio onde estamos. Hoje ela é a maior biblioteca da América Latina e a oitava do mundo. Vocês gostariam de fazer alguma pergunta?

Ludi levantou o braço e foi direto ao assunto:

— O senhor já viu algum fantasma voando por aqui?

Todos caíram na gargalhada. Dona Sandra e seu Marcos não acreditaram na pergunta da filha. O senhor Botelho riu e disse:

— Claro, minha jovem. Agora mesmo havia um atrás de mim! — disse ele, dando uma boa gargalhada.

Ludi não entendeu qual foi a graça, mas deixou para lá.

— Bom, vamos para a primeira sala da visita? Sigam-me por aqui, por favor.

O guia desceu os degraus e foi para o lado direito do saguão. Entraram na Sala 1, também chamada Sala de Periódicos. Era um espaço enorme, bem iluminado, com muitas mesas redondas, várias estantes e aparelhos de microfilme.

— Aqui vocês podem ler revistas e jornais antigos e contemporâneos. Temos nove mil jornais de todos os estados do Brasil! Eles estão microfilmados e alguns já foram digitalizados. Vejam: naquelas máquinas, o usuário pode ler o exemplar número 1 do primeiro jornal do Brasil, *A Gazeta do Rio de Janeiro*, de 1808. E temos também o número 1 do *Diário de Pernambuco*, de 1825!

— E nós poderíamos ver esses jornais ao vivo? — perguntou uma senhora.

— Não, não seria prudente, o papel poderia acabar se desmanchando ao ser manuseado. Mas, na Biblioteca Digital, todo mundo pode ver essas preciosidades nos mínimos detalhes! E com a vantagem de não sujar as mãos de tinta nem o nariz de mofo.

Seu Marcos, que é alérgico, coçou o nariz só de pensar. O guia percebeu, deu um risinho e continuou:

— Ah, e em exposições especiais, como a que estamos preparando para as comemorações do aniversário de 200 anos da biblioteca, também é possível ver de perto esses e muitos outros documentos e livros importantes que costumam ficar guardados!

Mal o guia acabou de falar, uma porta bateu com violência atrás do grupo: slam!

Todos levaram o maior susto.

— Que barulhão...

— Minha nossa!

— Pelo jeito, a menininha estava certa: temos fantasma aqui — brincou o rapaz do Recife.

— Desculpem-me o barulho... Como eu ia dizendo, neste momento não será possível ver o primeiro jornal do Brasil, mas vocês poderão apreciá-lo em outra visita, naquelas máquinas de microfilme, ou na internet.

O guia fingiu não ver o ar de decepção do grupo, pediu que todos se retirassem e seguiu para a Sala 2. No caminho, passaram pelo busto do ilustre advogado, orador e jornalista Rui Barbosa.

— Esse é em homenagem a Rui Barbosa, nosso grande intelectual, que foi velado aqui na Biblioteca Nacional.

Seu Abelardo, o tal turista que anotava tudo, examinou bem o busto do famoso político e abolicionista, depois comentou:

— Meu conterrâneo! Rui era baiano, como eu!

Quando o grupo entrou na Sala 2, também chamada Sala de Iconografia, todos falaram "ohhhh!!!", menos as francesas, que falaram "uhhhh!!!". A sala era linda! Uma das mais bonitas da biblioteca, com seis andares de estantes de ferro, repletas de livros e pastas, e várias mesas e cadeiras de aço antigas. E lá no teto havia um magnífico vitral francês.

— Essas estantes e as mesinhas são do tempo da inauguração do prédio, em 1910, e vieram da Inglaterra.

Dona Sandra ficou boba com a beleza da sala e cochichou para Marga:

— Que beleza, hein, Marga?

— Muito bonita mesmo, mas deve dar um trabalhão para limpar...

Chico e Ludi também ficaram extasiados. A sala parecia o cenário de um filme de suspense. Tudo era sombrio e escuro. Era óbvio que havia fantasma ali, pensaram os dois meninos. Será que estariam escondidos naqueles arquivos? Ou nas pastas? Será que havia passagens secretas na biblioteca? Que vontade de mexer em tudo!

— Aqui na Sala de Iconografia ficam os livros que possuem mais imagem do que texto e também desenhos, caricaturas e gravuras de artistas famosos, como Debret e Rugendas. Temos ainda fotos de Marc Ferrez e de muitos outros fotógrafos que registraram imagens do Brasil nos séculos passados. Sem falar na famosa coleção de Dona Thereza Christina Maria, mulher de Dom Pedro II e última imperatriz do Brasil. O imperador deixou para a biblioteca, em testamento, essa espetacular coleção de fotos, mapas, gravuras e livros. Como vocês sabem, Dom Pedro II era amante da cultura, da ciência e da fotografia. Foi ele quem trouxe o daguerreótipo, o primeiro aparelho fotográfico, para o Brasil.

Os olhos do Rafa brilharam só de pensar em imagens feitas nos primórdios da fotografia.

— E como se faz para ver essa coleção?

— Na Biblioteca Digital, você pode ver, meu rapaz. E, mais tarde, quando você for adulto, caso tenha se tornado pesquisador, poderá também vir até aqui fazer consultas aos originais.

— Poxa... Vou ter de esperar tanto tempo assim?

— Bom, se tiver sorte, antes disso talvez você possa ver de perto boa parte da coleção da imperatriz em uma exposição especial, como a do aniversário dos 200 anos da biblioteca...

Nesse exato momento, sem nenhuma explicação, uma forte ventania entrou na Sala de Periódicos. As mulheres seguraram suas saias e os homens, seus chapéus. Ninguém entendeu nada. De onde vinha todo aquele vento, se as janelas estavam fechadas?

Depois de alguns segundos, a ventania simplesmente parou e tudo voltou ao normal. Ludi e Chico se entreolharam e perceberam que ali havia dedo, ou melhor, sopro de fantasma. O grupo todo começou a comentar o acontecido:

— Que ventania estranha... — disse uma senhora.

— Eu diria que foi sinistra — comentou Chico, examinando tudo ao seu redor com sua infalível lente de aumento.

— Dona Sandra, isso está meio esquisito, não? Vento, porta batendo...

— O que é isso, Marga! Foi só uma ventania.

— Eu *tô* dizendo que esta biblioteca é mal-assombrada...

— Ludi, para de falar nessas coisas. Isso atrai os fantasmas! As paredes têm ouvidos!

— Ah, mas estas aqui estão tão caindo aos pedaços que nem devem escutar direito.

Depois do vento, o senhor Botelho retornou à sua explanação:

— Pois é, pelo visto, o tempo está virando... Bom, mas como eu ia dizendo, não se pode ver a coleção de Dona Thereza Christina Maria neste momento. Mas saibam que há muitas preciosidades nesta sala. Por exemplo: aqui também está guardado o menor livro do mundo, que é do tamanho de uma unha de bebê!

O grupo ficou impressionado; fizeram mais um "ohhh!!!" e um "uhhh!!!", mas ninguém perguntou para que serve um livro do tamanho de uma unha de bebê. Sinistro! Coisas da Biblioteca Nacional...

AS INVESTIGAÇÕES SE INICIAM

ANTES DE CHEGAREM À SALA 3, passaram por outro busto, dessa vez do engenheiro Francisco Marcelino de Souza Aguiar.

— O senhor Souza Aguiar, que deu nome ao famoso hospital carioca, foi prefeito da cidade e, além de projetar o prédio aqui da biblioteca, projetou também o Palácio Monroe, onde ficava o Senado Federal, quando o Rio ainda era a capital da República. Infelizmente, esse palácio foi abaixo com as obras do metrô, na década de 1970.

O grupo seguiu o guia até a Sala 3, também chamada Sala de Obras Gerais, que é o lugar mais visitado da Biblioteca Nacional. Ali qualquer cidadão pode pegar um livro, uma monografia ou uma tese para ler, como explicou o senhor Botelho:

— Como vocês sabem, na Biblioteca Nacional não fazemos empréstimos de livros. Nenhuma obra deixa o prédio. O leitor e o pesquisador só podem ler e consultar as obras aqui mesmo. Naquele balcão ali, o usuário preenche a ficha com o título do livro que quer ver. Depois de alguns minutos, o livro chega por aquele pequeno elevador e o leitor pode sentar-se numa das mesas e ler à vontade. Há 120 mesas nesta sala e um acervo de 10 milhões de livros disponível para os leitores. Uma curiosidade deste lugar é que, quando o poeta Carlos Drummond de Andrade vinha aqui, ele sempre se sentava à mesa número 4. Se houvesse alguém ali, ele pedia, encarecidamente, ao funcionário que fizesse a pessoa mudar de cadeira.

Depois dessa informação, Chico e Ludi se entreolharam.

— Você está pensando o que eu *tô* pensando?

— *Tô!*

Enquanto todos ouviam o senhor Botelho, Ludi e Chico saíram de fininho e foram para o fundo da sala, até a mesa número 4, e começaram as investigações. Não havia ninguém sentado ali, então Chico pegou sua lente de aumento para iniciar sua busca por alguma pista.

— Lá vem você com essa bendita lente de aumento!

— Ué, como você quer que eu procure alguma pista?

— Também não sei... Talvez se a gente sentasse aqui na cadeira dele.

E foi o que a Ludi fez: sentou-se e esperou alguns segundos... Nada aconteceu.

— Talvez o Drummond seja tímido. E se a gente apagasse a luz?

— É isso, Chico! Vai lá e apaga a luz.

— Eu? A mamãe e o papai vão dar a maior bronca, e o seu Botelho vai expulsar a gente da biblioteca — exagerou o Chico.

— Claro que não. É só dizer que é apagão. Deixa que eu vou lá.

Ludi, na maior folga, foi até o interruptor e apagou a luz da Sala de Obras Gerais. Foi aquele burburinho...

— Ih! Acabou a luz!

— É apagão! — gritou Ludi, e voltou correndo para a mesa 4.

— Que coisa, hein? O Rio tem apagão até na Biblioteca Nacional! — comentou uma das senhoras do grupo.

O senhor Botelho, todo atrapalhado, disse:

— Não, isso é impossível! Isso nunca aconteceu. A biblioteca tem gerador.

— Então foi o fantasma! — brincou um gaiato do grupo.

Enquanto isso, na penumbra da sala, Ludi e Chico esperavam a aparição do fantasma do Drummond. De repente, começaram a ver umas sombras, a ouvir uns ruídos estranhos e ouviram uma voz cavernosa vindo de trás deles.

— Saiam da minha mesa, seus imbecis!

Ludi e Chico deram um pulo de susto, mas felizmente nesse momento a luz voltou, quer dizer, alguém ligou o interruptor, e eles viram ninguém mais ninguém menos que o irmão mais velho na frente deles.

— Rafa!

— Peguei vocês! — disse, rindo.

— Rafa, isso não se faz! Que susto!

Dona Sandra, seu Marcos e Margarida estranharam aquela "reuniãozinha" dos filhos e foram até lá.

— Ludi, não foi você, por acaso, que desligou a luz, foi?

— Eu?! Mas eu *tô* aqui na mesa do Drummond... Como eu poderia ter ido lá e apagado a luz?

— Com as pernas — disse Marga.

— Ludi, Chico, nada de confusão! Isto aqui é uma biblioteca séria... — disse seu Marcos.

— A gente sabe, pai...

Depois da bronca, o senhor Botelho disse que, se não acontecesse mais nada de estranho, a visita iria continuar e todos saíram da sala acompanhando o guia.

DOM JOÃO VI
NA ESCADARIA

Ludi e Chico ficaram furiosos com o Rafa, que ria a valer.

— Vocês são muito bobos! Acharam que eu era o fantasma do Drummond!

— Não achamos nada. Um poeta nunca iria dizer "seus imbecis" — comentou Chico, que pelo jeito entendia de poetas.

— Então, por que vocês pularam de susto?

— É que eu vi uma barata-cascuda — disse Ludi, tentando enrolar o irmão.

— Sei... Finge que eu acredito.

O senhor Botelho encaminhou a turma para o segundo andar. No meio da escadaria, eles se depararam com o busto de Dom João VI. Todos ficaram em volta do busto enquanto o guia continuava sua exposição:

— Essa peça é uma homenagem a Dom João, por ele ter mandado vir para o Brasil a sua tão preciosa Livraria Real, com 60 mil volumes. O busto foi feito por um artista italiano chamado Leão Biglioschi em mármore de Carrara, uma pedra que só era encontrada nessa região da Itália.

— Está muito parecido com ele — disse Marga. — Só falta falar.

— Mas eu acho que, em 1808, ele estava mais gordinho — comentou Ludi.

Todo o grupo estranhou aquela intimidade das duas com o rei. Seu Marcos, meio atrapalhado, tentou explicar:

— É que eu sou professor de História, e Dom João VI foi muito estudado nos últimos tempos lá em casa, quero dizer, no Rio, quero dizer, no Brasil todo...

O guia retomou a palavra:

— Na verdade, na época da Independência, a Coroa Portuguesa exigiu a Livraria Real de volta, e Dom Pedro I teve de pagar caro para mantê-la no Brasil.

— É mesmo? Quanto? — perguntou seu Abelardo.

— É difícil dizer quanto em dinheiro de hoje em dia, mas sabe-se que Dom Pedro teve de pedir à Inglaterra um empréstimo de dois milhões de libras para indenizar Portugal por todos os bens deixados aqui.

— Que absurdo! Eles levaram todo o nosso pau-brasil, todo o nosso ouro, e a gente ainda teve de pagar indenização pelos livros?! — protestou Rafa, revoltado.

— Calma, filho, não há como mudar o passado.

Na verdade, todos ficaram bobos com aquela informação. Quer dizer que o "grito do Ipiranga" não valeu de nada? Bom, pensou Ludi, ao menos valeu pelo feriado nacional.

O grupo subiu mais um lance de escada e chegou ao corredor do segundo andar. Ali havia uma mesa-vitrine com o famoso *Livro de horas*.

— Essa é uma cópia do *Livro de horas* do século xv, com iluminuras de Spinello di Luca Spinelli.

— E por que tem esse nome? — perguntou a senhora de Florianópolis.

— É que cada hora tinha uma oração. Os livros de horas eram manuscritos típicos da Idade Média, com textos e desenhos feitos à mão, e as orações eram ilustradas por iluminuras, desenhos feitos com ouro e prata.

— E o verdadeiro? Onde fica guardado? — perguntou o senhor Abelardo, muito interessado.

— No cofre da Sala de Obras Raras. A gente já vai chegar lá.

— Por que fica tudo no cofre? — perguntou a senhora.

— A verdade é que não é seguro expor diariamente todas essas raridades, mas em ocasiões especiais, como na exposição dos 200 anos, montamos um esquema de segurança especial e todos podem ver o tesouro real.

Foi o guia terminar de falar e mais uma coisa esquisita aconteceu: as luzes do corredor começaram a apagar e a acender, como se fossem todas queimar ao mesmo tempo.

— Mas será possível?! O que está acontecendo?

Chico, com ares de Sherlock Holmes, comentou:

— Elementar, meu caro senhor Botelho. O fantasma está irritado com alguma coisa.

— Chico, não assuste as pessoas! — disse seu Marcos.
— Deve ser algum problema técnico, senhor Botelho — continuou, dirigindo-se ao guia.

Passado um minuto, o pisca-pisca cessou e o grupo voltou a comentar:

— Será que a Biblioteca Nacional pagou a conta de luz este mês? — brincou a moça do Recife.

Todos riram e o guia tossiu, sem graça.

— Pagou, pagou... Pelo jeito, os fantasmas estão à solta mesmo.

O senhor Botelho encaminhou o grupo para o terraço da biblioteca, onde se podiam ver os belos prédios do início do século: o Teatro Municipal, o Museu de Belas-Artes e o Centro Cultural da Justiça Federal.

— Essa é a Avenida Rio Branco, antiga Avenida Central. Foi inaugurada em 1905 e o prefeito Pereira Passos demoliu cerca de 590 casas para construí-la. A abertura da avenida significou a modernização da cidade. O prefeito saneou o Rio de Janeiro e tentou fazer dele uma capital com todo o conforto e a modernidade que havia na Europa.

Como a família Manso conhecia de cor e salteado aquela história do "bota-abaixo", ninguém deu muita bola para o que seu Botelho dizia.

Marga e dona Sandra admiravam a beleza do Teatro Municipal, enquanto Ludi olhava com muito interesse para as enormes colunas do terraço.

— Chico, olha essas colunas!

— É, são bonitas.

— Não, Chico. Olha como elas são grandes! A gente pode se esconder aqui, atrás delas.

— Mas se esconder para quê?

— Como para quê? A gente veio aqui para ver os fantasmas, mas pelo visto eles só vão sair da toca à noite.

— Mas papai e mamãe não vão ficar aqui até de noite.

— Só que nós vamos!

— Ah, é?

— É.

BARULHOS NA SALA DE MANUSCRITOS

O SENHOR BOTELHO levou o grupo para a Sala 4, também chamada Sala de Manuscritos e Cartografia, onde ficam guardados textos e mapas originais, alguns feitos à mão. Era uma bela sala, com estantes de cima a baixo, e, lá no fundo, enormes cofres de ferro. Todos, para variar, ficaram encantados com a arquitetura da sala.

— Aqui nesta sala há manuscritos importantíssimos de várias épocas. Temos, por exemplo, o projeto da Lei Áurea, parte do processo criminal de Tiradentes e cartas de Dom Pedro I para a Marquesa de Santos. E também guardamos aqui preciosos manuscritos de escritores como Machado de Assis e Euclides da Cunha, além da partitura original de *O Guarani*, de Carlos Gomes.

O grupo murmurou um "ohhhh!!!" de admiração. As francesas não fizeram "uhhhh!!!", porque não conheciam aqueles artistas.

— Puxa, um manuscrito do Machado! Será que não dá para ver por um minuto? — perguntou a jornalista, esquecendo-se totalmente das regras de visitação.

— E o processo do Tiradentes também deve ser muito interessante de pesquisar...

Antes mesmo de seu Marcos terminar de falar, todos do grupo, em tom de galhofa, repetiram em coro para o casal:

— Só na internet!

Eis que, logo após essa brincadeira, a turma ficou quieta e ouviram-se vários sons assustadores: o ranger de uma porta se abrindo, barulhos de correntes sendo arrastadas, sons de passos pesados...

As correntes e os passos pareciam cada vez mais próximos, deixando todos assustados.

— Ai, ai, ai... Dona Sandra, que barulheira é esta?

— Devem ser os passos do fantasma do Tiradentes. Ele não foi acorrentado? — cochichou Ludi.

— Ou do Machado de Assis. Ele não foi escravizado?

— Não, filho. Machado nunca foi escravizado. Os avós dele é que foram.

— Então são os fantasmas dos avós do Machado!

— Ludi! Para com essa história agora!

Os visitantes e o próprio senhor Botelho, que até ali estavam levando aqueles barulhos e incidentes na brincadeira, pela primeira vez sentiram uma pontinha de medo.

De uma hora para outra, os passos silenciaram como por encanto e não se ouviu mais nada.

— Bom, pelo jeito, a barulheira acabou — comentou o guia, aliviado.

— Mas que barulho todo foi esse, afinal? — perguntou a senhora de Floripa.

— Senhor Botelho, acho que eu e minha esposa já vamos indo... — disse o rapaz do Recife, um pouco receoso, para não dizer amedrontado.

— Não, por favor. Esse barulho deve ser de alguma obra, de alguma reforma aqui no prédio.

— Mas é que as coisas estão ficando estranhas...

— Ora, ora, fantasmas não existem — disse seu Abelardo, rindo.

— Não? Então quem é que está fazendo essa confusão toda?

— Ludi! — ralhou seu Marcos.

— Não reparem nas asneiras das crianças. É que elas estão com essa mania de fantasmas e vampiros — desculpou-se dona Sandra.

— Só falta uma sala, a de Obras Raras. É uma das mais importantes. Vamos lá! — insistiu o senhor Botelho.

O casal do Recife concordou, apesar de ainda estar um pouco temeroso. Saíram todos bem juntinhos, sem desgrudar do guia.

PÂNICO NA BIBLIOTECA

O Setor de Obras Raras fica em uma das salas mais lindas da Biblioteca Nacional. Toda pintada de verde-claro, repleta de ornamentos, colunas, lustres e, para variar, lá em cima no teto, mais um vitral lindo de morrer deixando entrar a luz do dia. O nosso grupo de visitantes, porém, parecia tão assustado com os últimos incidentes que ninguém reparou na beleza da sala. O clima não era mais aquele de piadinhas. A turma entrou, calada, e saiu quase muda, não fossem as brincadeiras das crianças e a animação do senhor Botelho, que tentava de tudo para descontrair o pessoal.

— Aqui na Sala de Obras Raras nós temos as primeiras edições de livros de vários autores brasileiros, como Castro Alves, grande poeta baiano, outro conterrâneo do senhor Abelardo, conhecido como "poeta da abolição", pois escrevia versos contra a escravização.

Quando o senhor Botelho tocou no assunto da escravização, todos se lembraram do som estranhíssimo das correntes na Sala de Manuscritos. O guia percebeu e mudou de assunto, quer dizer, de poeta:

— A Biblioteca Nacional também possui a primeira edição de um livro de Olavo Bilac, famoso poeta parnasiano, que tinha a alcunha de "príncipe dos poetas". Conhecem alguma poesia de Bilac?

Os mais velhos fizeram que sim com a cabeça, mas as crianças responderam que não, nunca tinham lido algo escrito pelo poeta.

— Não?! Ora, vejam só! Olavo Bilac foi um poeta carioca muito popular no início do século passado. Foi jornalista e um dos fundadores da Academia Brasileira de Letras, também escreveu muitos poemas para crianças e era um frequentador assíduo aqui da biblioteca. Então recitarei um poema de Bilac. Deixe-me ver... Ah! Este aqui:

O guia tossiu para limpar a garganta e declamou do fundo de sua alma:

A PÁTRIA

Ama, com fé e orgulho, a terra em que nasceste!
Criança! não verás país nenhum como este!
Olha que céu! que mar! que rios! que floresta!
A natureza, aqui, perpetuamente em festa,
É um seio de mãe a transbordar carinhos,
Vê que vida há no chão! Vê que vida há nos ninhos,

Que se balançam no ar, entre os ramos inquietos!
Vê que luz, que calor, que multidão de insetos!
Vê que grande extensão de matas, onde impera,
Fecunda e luminosa, a eterna primavera!
(...)
Criança! não verás país nenhum como este:
Imita na grandeza a terra em que nasceste!

O grupo aplaudiu, animado, pois o guia havia recitado com muita pompa e veemência.

— Obrigado, obrigado... É que eu, na juventude, fui ator. Mas isso faz muito tempo!

— É uma pena que hoje as crianças e os jovens não conheçam a poesia do Bilac! Um poeta que realmente amava o Brasil! — comentou o senhor de Florianópolis.

— É verdade... Mas, voltando às raridades da Biblioteca Nacional, aqui nós também temos a primeira edição de *Os Lusíadas*, do célebre poeta português Luís de Camões, de 1572, e a maior de todas as preciosidades: dois exemplares da *Bíblia de Mogúncia*, de 1462. A bíblia é o mais antigo incunábulo desta biblioteca.

Foi o guia dizer essa palavra aí em cima e as crianças caíram na gargalhada; alguns adultos também não conseguiram conter o riso.

— Incunábulo... Que palavra engraçada!

— Parece que seu Botelho disse um palavrão!

Dona Sandra, constrangida, puxou Ludi e Chico para um cantinho.

— Meus filhos queridos, incunábulo não é palavrão. É a mesma coisa que dizer "livro que foi feito nos primórdios da imprensa", ou "no início da imprensa", entenderam?

— *Tá*, mãe, mas é uma palavra engraçada...

— Desculpe, senhor Botelho, pode continuar.

— Bem, como eu ia dizendo, a *Bíblia de Mogúncia* é o primeiro livro que traz data, lugar onde foi impresso e o nome do impressor no colofão, que também não é um xingamento, crianças, é simplesmente a ficha bibliográfica de antigamente. Ela foi impressa em pele de ovelha e é considerada uma obra de arte.

— E a gente não vai sentir nem o cheiro, não é?

— Infelizmente, não, senhora Margarida.

— Mas se há duas bíblias, não dá para mostrar pelo menos uma? — perguntou o senhor Abelardo, sempre curioso.

— É mesmo, seu Botelho. Afinal, nós não veremos nada de precioso na visita? — insistiu a senhora de Floripa.

— Mas existe algo mais precioso do que este prédio? Infelizmente, como já expliquei para vocês, há o problema da segurança. Porém, não esqueçam que na internet e nas exposições especiais vocês podem ver a *Bíblia de Mogúncia*, *Os Lusíadas*, o *Livro de horas*, tudo!

Se isso fosse um filme e não um livro, os técnicos de "defeitos" especiais teriam muito trabalho nesse momento, porque, logo depois que o senhor Botelho pronunciou esse pronome indefinido, começou outra violenta ventania,

fazendo portas e janelas baterem freneticamente: SLAM! SLAM!

Ouviu-se uma trovoada estrondosa e as luzes se apagaram de vez: CABUM!

Pelo vitral lá do teto viam-se raios e relâmpagos que iluminavam a sala em *flashes* apavorantes. Bateu o pânico geral! As luzes começaram a piscar, os lustres voltaram a tremer. Foi uma gritaria só:

— Aiii! Socorro!

— O que está acontecendo, senhor Botelho?

— Não faço a mínima ideia!

— Que coisa horrível!

Eis que a ventania cessou e ouviu-se uma gargalhada diabólica ao longe:

— Rá, rá, rá, rá!!!

Todos ficaram de cabelo em pé. Foi um salve-se quem puder!

— Para nós chega! — disse o casal do Recife, começando a correr.

— Esta biblioteca está assombrada! — gritou o casal de Florianópolis, correndo também em direção à saída.

As mocinhas francesas seguiram os casais, e até o senhor Abelardo, que não acreditava em fantasmas, se retirou em passo acelerado.

O guia, que estava completamente aparvalhado com o acontecido, só conseguiu dizer:

— Eu peço demissão! Esperem por mim!

Só a família Manso permaneceu na Sala de Obras Raras, estatelada com aquela cena macabra.

— E nós, dona Sandra? Vamos embora também! Isto aqui *tá* assombrado! — gritou Marga, apavorada.

— Calma, Marga, foi só uma ventania forte. O tempo está mudando — disse a mãe da Ludi, querendo tapar o sol com a peneira.

— Mas, dona Sandra, não foi uma ventania, foi um furacão! E também teve aquela gargalhada esquisita no final. Foi uma coisa horrorosa!

— E sinistra!

— Pode ter sido um tornado... — sugeriu seu Marcos.

— Mas, pai, um tornado dentro da biblioteca?

Sandra e Marcos eram assim, céticos, não acreditavam em espíritos e almas penadas.

— Pai, mãe, vocês ainda não se convenceram de que alguma coisa está errada aqui? — perguntou Rafa.

— Bom, eu não sei vocês — disse Marga, aflita —, mas eu não vou ficar aqui nem mais um segundo! — e saiu correndo na frente dos outros.

— Ei, Marga, espera aí! A gente vai com você! — gritou dona Sandra, indo atrás dela.

— Mas a gente não pode ir embora agora! E os fantasmas?

— Chega de papo, Ludi. Vamos embora antes que a Marga tenha um troço — disse seu Marcos, puxando a turma.

Apesar dos protestos das crianças, não houve jeito. Os pais estavam resolutos, isto é, decididos a ir embora. Desceram as escadarias amparando a Marga, despediram-se do busto de Dom João VI, das lindas colunas, dos lustres, vitrais, salas e, já na entrada, pegaram nos armários as bolsas e mochilas dos meninos.

— Eu não acredito que a gente vai sair daqui sem ver um mísero fantasma!

A turma já se encontrava no saguão quando notaram que não havia nenhum funcionário por lá. Todos tinham ido embora.

— Ué?! Que coisa estranha... — disse Rafa.

— Cadê todo mundo?

Quando a família chegou à saída, as portas estavam fechadas e trancadas!

— Eles se mandaram e nos deixaram trancados aqui?

— Ei, alguém aí, abre esta porta! — gritou Marga, desesperada.

Ouviu-se uma trovoada lá fora e começou a cair uma tempestade daquelas.

— Mãe, você tinha razão... Era para ter trazido o guarda-chuva.

— Aiii! Eu quero sair daqui! — gritou Marga, fora de si.

Subitamente, as luzes se apagaram e a família Manso se viu na maior escuridão dentro da biblioteca.

— Calma aí, eu tenho uma lanterna aqui no bolso — disse Chico.

— Quem apagou a luz?! Ludi, foi você?

— Não, pai. Eu *tô* aqui.

— É claro que foi o fantasma da biblioteca!

— Calma, Marga. Não há fantasma nenhum. Só estamos presos aqui dentro. Só isso.

— Só?! Eu já acho muito. Eu quero sair daqui! Abre esta porta, moço, segurança, sei lá o quê! Socorro!

Foi a Marga parar de gritar e ouviram-se as 12 badaladas: blém! blém! blém! blém! blém! blém! blém! blém! blém! blém! blém! blém!

— Ué?! Meia-noite? Já?! Quem adiantou os relógios?

De repente, não mais que de repente, a luz voltou e diante da família apareceram vários, muitos, uma quantidade enorme de fantasmas vindos de todas as salas: de Periódicos, de Iconografia, de Obras Raras e de Manuscritos. Eles voavam por todos os lados, para lá e para cá, fazendo a maior festa na Biblioteca Nacional.

Os Manso estavam fritos!

"ORA (DIREIS) OUVIR ESTRELAS"

MARGA FICOU ARREPIADA da cabeça aos pés, teve um piripaque e desmaiou: TIBUM no chão! Dona Sandra e seu Marcos ficaram apatetados, sem ação e de queixos caídos. Ludi, Chico e Rafa abriram as bocas e os olhos, espantadíssimos. Nunca, em tempo algum, aquela família viu algo parecido.

Era um mundaréu de fantasmas perambulando pela biblioteca. Homens, mulheres, jovens e velhos fantasmas. Eles eram meio transparentes, meio brancos. Bom, você sabe como é um fantasma, não é? Esses usavam roupas de antigamente: os homens tinham bigodes e bengalas, as mulheres usavam chapéus, luvas e vestidos compridos. Todos transitavam, animados, pelo saguão. Era um mundo paralelo dentro da Biblioteca Nacional, um mundo de fantasmas!

Mas eles não assustavam ninguém, nem uma mosca, e, para falar a verdade, não davam a menor bola para os Manso. Visitavam a Biblioteca Nacional para ler livros, revistas, jornais e para fazer a visita guiada, como se fossem simples mortais.

O primeiro da família a conseguir dizer alguma coisa foi o Chico:

— Sinistro!

Em seguida foi seu Marcos:

— Sandra, você está vendo o que eu estou vendo?

— Depende; o que você está vendo, Marquito?

— Como dizer... São pessoas muito brancas, quase translúcidas, que não parecem gente assim como nós...

— Diz logo, pai! São fantasmas!

— É... parecem fantasmas.

— Então, meu querido, eu estou vendo o que você está vendo!

Depois desse diálogo maluco, Sandra e Marcos despertaram da patetice e foram socorrer Marga.

— Acorda, Marguinha! Fala com a gente!

— Será que ela teve um ataque do coração?

— Para, Chico! Que ideia! Ela só desmaiou.

Margarida começou a acordar e a balbuciar alguma coisa:

— Hã? Dona Sandra? Seu Marcos? Que bom que vocês estão aqui. Imagina que eu estava sonhando uma coisa doida... sonhei que a gente estava na Biblioteca Nacional e apareceu um monte de alma penada, assim, do nada...

— Marga, Marguinha, eu sinto dizer, mas não foi um sonho...

Marga levantou a cabeça, deu uma olhada em volta e...

— Ah, me segura que eu vou ter um troço! — e voltou a desmaiar.

— Margarida!

— Mãe, deixa a Marga aí. Acho que ela fica melhor desmaiada. Vamos conversar com os fantasmas!

— Ludi, que ideia! Isso é jeito de falar? A gente vai embora agora!

— Mas e a sua entrevista exclusiva? O seu "furo" jornalístico?

— É, mãe, logo agora que ficou animado! — disse Rafa, que já tirava fotos a torto e a direito.

Sandra e Marcos não ouviam os filhos; tentavam abrir a porta, mas ela nem sequer se movia.

— Estamos trancados mesmo!

— Já sei, Sandra. Vamos nos esconder ali atrás do balcão de atendimento.

— Venham, crianças!

— Mas o que a gente vai fazer lá?

— Chico, sem perguntas!

Sandra e Marcos carregaram Marga até o balcão e os meninos seguiram os pais, a contragosto. Ficaram abaixados, escondidos lá atrás, como se o balcão fosse uma trincheira.

— A gente vai ficar aqui? Sem aproveitar nada?

— Quietos!

— Pai, por que só aparecem fantasmas de antigamente aqui? — cochichou Ludi.

— Ah, minha filha... Deve ser porque este prédio é do século passado. Lembra que no começo do século passado o Centro da cidade era onde tudo acontecia?

Dali a pouco um dos fantasmas, um senhor de óculos redondos e bigodinho, se aproximou da frente do balcão e começou a anotar coisas num caderno. Os Manso se abaixaram o mais que puderam. Outro senhor fantasma, também de bigode, chegou ao lado do primeiro e os dois iniciaram uma prosa.

— E então, meu caro Olavo Bilac? Muitos leitores hoje?

Seu Marcos teve de segurar dona Sandra, que quase deu um pulo de tanta emoção ao ouvir o nome do fantasma. Era o famoso poeta Olavo Bilac, ali no balcão! Era ele!

— Sandra, quieta!

Os dois fantasmas estavam tão entretidos que não ouviram nada.

— Muitos leitores, meu querido Medeiros. Mas você sabe como são essas moçoilas, só querem ler revistas como a *Fon Fon* e *O Malho*. Romances, poesia e teatro, nada! Apenas crônicas, charges e fofocas!

— De fato, essa mocidade não quer nada com leituras sérias! — comentou o Medeiros, que havia sido um célebre jornalista e escritor. — Mas, mudando de assunto, não sei como você consegue ficar aqui trancado trabalhando. Não tem vontade de flanar pelo Rio? Tomar um chá na Confeitaria Colombo? Sei que a cidade não é mais a mesma, mas você não tem saudade de ver as estrelas no céu? De apreciar o verde das florestas?

— Sabes que não tenho saudade nenhuma da natureza? Depois que virei fantasma, posso dizer toda a verdade, não é? Descobri que a natureza pouco me interessa.

As crianças, atrás do balcão, começaram a rir. O Bilac não era aquele do "Olha que céu! que mar! que rios! que floresta!"?!

Por sorte, o poeta não ouviu as risadinhas e continuou:

— Se eu pudesse, hoje refaria o meu poema "A pátria" assim:

> Criança! não verás país nenhum como este!
> Olha que arranha-céu! que Avenida Beira-Mar!
> Que automóveis! que gente modesta!
> A cidade, aqui, perpetuamente em festa!

— Ora, ora, por certo perdeste o senso! — comentou o Medeiros, brincando.

— Pois é isto mesmo: nada de estrelas, campos, flores. Eu gosto é da cidade, dos prédios, das ruas... e até das buzinas dos carros!

— E das mulheres...

— Ah, Medeiros e Albuquerque, você sempre pensando em mulheres!

— Mas há alguma cousa melhor para se pensar?

Os meninos começaram a rir. Não das mulheres, mas do cousa. Os dois fantasmas, finalmente, perceberam o burburinho ali embaixo e olharam atrás do balcão.

— Ora, ora, temos visitas! — disse o Bilac.

— Para mim estão mais para espiões — observou o Medeiros.

A família Manso foi se levantando, bastante sem jeito, e seu Marcos tomou a iniciativa das apresentações:

— Boa noite, senhor Olavo Bilac. É uma honra para mim e para a minha família conhecê-lo. Esta é minha esposa, Sandra.

A jornalista estava perplexa, não sabia o que dizer, nem como agir, até que seu Marcos deu uma cutucada de leve na mulher:

— Cumprimenta ele, Sandra.

— Ah, sim... Como vai... o senhor? Nós estudamos muito as suas poesias na escola.

O Bilac ficou um tanto constrangido, afinal, havia acabado de confessar que já não era tão fã da natureza como dizia em seus versos.

— Ah, sim, muito prazer. Este aqui é o meu amigo Medeiros e Albuquerque.

— Encantado! — disse o jornalista para dona Sandra, sem reparar em seu Marcos.

— Desculpem-me perguntar... Vocês estão muito rosadinhos para serem fantasmas, não?

Ludi se intrometeu na conversa:

— É que nós somos fantasmas frescos! Acabamos de vir do cemitério.

— Ludi! — ralhou seu Marcos. — Não é nada disso, senhor Bilac. Nós somos... nós estamos... vivos.

— Vivos?! — gritou o famoso poeta.

Todos os fantasmas do salão interromperam o que estavam fazendo e olharam para a família Manso com admiração: "Ooohhhh! Vivos?!!".

— Mas como isso é possível? Este é o nosso horário! Vejam bem, os horários têm de ser respeitados. Vocês têm o dia inteiro, e nós, só a madrugada...

— Claro, claro. É que nós estávamos, imagine o senhor, indo embora quando ficamos presos aqui dentro!

Dona Sandra continuou:

— Creio que alguém adiantou o relógio e as portas estão trancadas. Caso o senhor possa abri-las, ficaríamos muito agradecidos, senhor Bilac.

— Infelizmente, só o Marrocos tem a chave, minha cara.

— Marrocos? Que Marrocos?

O Bilac e o Medeiros deram uma risadinha de esguelha e disseram em coro:

— Ora, o diretor da Biblioteca Nacional!

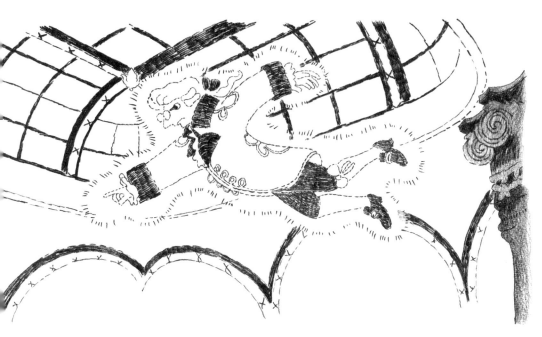

O MARROCOS

Você, que é um leitor atento, lembra quem é o Marrocos, não lembra? Justamente: o nosso bibliotecário real dos tempos de Dom João VI, o nosso fantasma estressado do primeiro capítulo. Pois foi só o Bilac e o Medeiros pronunciarem o nome dele que o próprio apareceu no saguão da biblioteca.

Um clarão enorme se fez e todos os fantasmas se assustaram. O Marrocos surgiu voando e fazendo o maior escarcéu: ventania, porta batendo, luzes acendendo e apagando, enfim, tudo a que um bom fantasma tinha direito. O Medeiros, torcendo o bigode, segredou para o Bilac:

— Esse Marrocos! Sempre exagerado...

O poeta fez sinal para a família Manso voltar para o esconderijo atrás do balcão.

— Escondam-se! Rápido!

Finalmente, o Marrocos parou na escadaria do saguão. Ele estava com um aspecto péssimo, muito aflito e ansioso.

— Companheiros! — começou ele. — Tenho uma notícia terrível para vos dar. A Biblioteca Nacional fará 200 anos em breve e os vivos realizarão uma grande exposição da Livraria Real, com todas as nossas raridades.

Os fantasmas, ingênuos, bateram palmas, pois eles não podiam ver as preciosidades de Dom João VI na internet, e a exposição seria a ocasião de apreciar tudo.

— Não, não! Vocês não estão entendendo patavina. Nós não podemos permitir que essa exposição aconteça. Esta cidade não tem segurança nenhuma. Os ladrões roubam tudo! Se ela acontecer, será o fim da Livraria Real e também de outras raridades que aqui se encontram! — exagerou o Marrocos.

— Mas, então, o que o senhor propõe? — perguntou o Bilac.

— Eu estou levando tudo de volta para Portugal!

Os fantasmas ficaram admirados com aquela afirmação e começou um burburinho tremendo.

— Mas como?! — retrucou o Medeiros. — A Livraria Real é nossa!

Ludi saiu do esconderijo e gritou:

— É verdade! Dom Pedro I pagou caro por ela!

— Ludi, não, minha filha!

Quando o Marrocos viu a família Manso, ficou possesso e voou na direção de Ludi.

— Vocês não são aquela família do último grupo da visita guiada? Por que ainda estão aqui? Não os assustei o suficiente? Já sei: são ladrões! Querem o meu tesouro!

Seu Marcos se adiantou para proteger a filha:

— Claro que não! Somos cidadãos pacatos. Quer dizer, pacatos nem tanto, mas somos honestos!

O Bilac tratou de explicar a situação:

— Marrocos, eles não conseguiram sair a tempo. Você trancou a porta da biblioteca antes da hora.

— É verdade... Eu estava tão danado com essa exposição que expulsei todo mundo.

— Mas a menina tem razão: a Livraria Real é do Brasil. Ela não pode sair daqui — disse o poeta.

— Ah, meu caro Bilac, os tempos são outros. Aqui nesta cidade não há respeito nem pela própria vida, que dirá pela *Bíblia de Mogúncia* ou por *Os Lusíadas*. Eu leio os jornais todos os dias na Sala de Periódicos. A cidade está entregue à violência. Preciso proteger a minha Livraria Real dos vândalos!

— Mas, senhor Marrocos — disse seu Marcos —, infelizmente a cidade tem ladrões, sim, mas a maioria da população é honesta e trabalhadora. O senhor não pode generalizar desse modo! O carioca, o brasileiro tem o direito de ver as raridades da Biblioteca Nacional!

Os fantasmas bateram palmas.

— Muito bem! Muito bem!

O bibliotecário real fez um sinal de impaciência para que todos parassem com aquela balbúrdia, assumiu uma expressão bem dramática e disse:

— Meus caros, vocês não estão compreendendo a extensão da tragédia iminente! Eu defendi esse tesouro da invasão dos franceses a Portugal. Depois, atravessei um oceano e trouxe a livraria para cá enfrentando tempestades, fome e doenças. Cheguei aqui, organizei tudo e instalei a biblioteca na Rua do Carmo. Cuidei dos livros, mapas e documentos com o maior zelo e até hoje estou aqui, protegendo o nosso tesouro real. E agora vêm vocês querendo que eu abandone o meu dever? Nunca! Jamais!

O Marrocos fez uma careta dramática, um gesto rápido com o braço e, de repente, vários caixotes de livros apareceram na frente dele. Os fantasmas ficaram pasmos. Ele parecia mais um mágico do que um guardião de livros. Arrumou a casaca e o chapéu e fez menção de sair voando pela porta, carregando os livros.

— Para quem fica, adeus!

Bem nessa hora, Ludi gritou:

— Espera aí, seu Marrocos, eu tenho uma ideia! E acho que o senhor vai gostar!

— E pode se saber qual é? — perguntou o bibliotecário.

— É simples: basta vocês assustarem os ladrões!

— Como assim? — disse o Marrocos, confuso.

— Vocês são fantasmas ou não? Fantasmas assustam os vivos! Vocês assustaram a gente! Olha só o estado da Marga — disse Chico, apontando para a pobre cozinheira, desmaiada desde o começo do capítulo.

Rafa também entendeu rapidinho a ideia da Ludi e ajudou na argumentação:

— Mas não é só fazer ventinho e bater a porta, não. Tem de aparecer toda a "fantasmalhada" na frente do primeiro ladrão, bem na hora em que ele for colocar as mãos sobre o tesouro!

O Medeiros, sempre passando os dedos no bigode, apoiou os meninos:

— É verdade, Marrocos! Essa gente viva morre de medo de fantasma. Uma vez, eu apareci na frente de uma moça muito bonita e ela caiu para trás de susto.

O Marrocos coçou o queixo e disse:

— Ora, pois, até que essa é uma boa ideia, seria uma ótima lição para os ladrões!

Todos os fantasmas bateram palmas e voaram de alegria. Com a barulheira que eles fizeram, Marga começou a acordar. Mas, quando ela viu aquele salão abarrotado de almas penadas, não teve jeito: TIBUM no chão mais uma vez!

DE VOLTA PARA CASA

Na saída, o Bilac e o Medeiros se despediram da família Manso:

— Senhor Bilac, foi uma grande honra conhecê-lo. Mesmo que o senhor não aprecie tanto a natureza hoje em dia, ainda sou sua fã — disse dona Sandra, comovida.

— Pois é, na minha época, se eu dissesse isso, perderia o título de poeta. Mas hoje tudo é permitido. O poeta está livre para escrever o que bem entender. Sinto-me leve como uma pluma para expressar meus sentimentos! Tudo de bom para vocês e voltem sempre!

— Pena que a gente não pode voltar no horário dos fantasmas — reclamou Ludi.

— Ah, minha jovem, quem sabe nós abrimos uma exceção para essa simpática família e aparecemos no horário dos vivos? — sugeriu o Medeiros, sorrindo para dona Sandra.

— Jura?! — exclamou Ludi, arregalando os olhos.

— Acho que vou virar rato de biblioteca... — disse Chico para si mesmo, com os olhos brilhando.

Se dependesse das crianças, eles ficariam ali conversando com os fantasmas por toda a eternidade, mas os pais, claro, estavam aflitos para escapar daquela maluquice toda.

O Marrocos, sempre ansioso, também queria vê-los longe da biblioteca e foi logo abrindo a porta para a cambada sair. Marga ia carregada por dona Sandra e seu Marcos, e a chuva ainda caía forte.

— Seu Marrocos, será que o senhor poderia fazer a chuva parar? — perguntou seu Marcos.

— Ah, essa tempestade não é comigo, não. É com São Pedro. Boa noite! — e, dizendo isso, trancou a porta na cara dos Manso.

— Puxa, isso é que é despedida rápida! — comentou Chico.

Todos correram para o fusquinha. Já no caminho de casa, Ludi perguntou à dona Sandra:

— Mãe, como você vai escrever a sua matéria? Vai dizer que a biblioteca tem fantasma? Ou vai omitir essa informação?

— Acho que, se eu escrever toda essa história, posso ser demitida, minha filha. Sem dúvida, a notícia dos fantasmas da biblioteca seria um furo, mas ninguém iria acreditar...

— Eu sei um jeito de você não ser demitida e dar o seu furo jornalístico, mãe — disse Rafa, fazendo uma expressão misteriosa.

— Como, meu filho?

— Publicando as minhas fotos. Eu tirei muitas fotos dos fantasmas! Do Bilac, do Medeiros, do Marrocos...

— Sinistro! Mostra aí! — gritou Chico.

Rafa pegou a máquina digital para ver as fotos no visor e... Decepção! No lugar dos fantasmas, só apareciam grandes clarões nas imagens.

— Puxa, a câmera não conseguiu registrar os fantasmas direito... Será que eu devia ter usado *flash*? — disse o menino, arrasado.

— Ah, meu filho, não tem importância. Mesmo que suas fotos tivessem saído boas, as pessoas não acreditariam. Iam dizer que era efeito de computação gráfica — comentou sabiamente seu Marcos.

— Marquito está certo. Há certas coisas em que a gente só acredita vendo pessoalmente. Olha, já sei como terminar a minha matéria dando a informação sem me comprometer. Posso escrever assim: "Alguns funcionários dizem que já viram fantasmas por lá. Eu não tive a sorte de ver nenhum, mas que eles existem, existem!".

VER PARA CRER

E você? Acredita que os fantasmas da Biblioteca Nacional existem de verdade? Que tal fazer uma visita para conferir pessoalmente?

Quem sabe eles não aparecem daquele jeito sorrateiro na Sala de Periódicos ou na Sala de Obras Raras? Quem sabe você não vê um deles voando pelos corredores, mesmo de dia?

Só lhe dou um conselho: não diga a ninguém que quer ver de perto a *Bíblia de Mogúncia*, o *Livro de horas* ou a primeira edição do livro de Camões! O Marrocos pode se enfurecer no fiel cumprimento do seu dever de guardião do tesouro da biblioteca, e aí a história vai começar toda de novo!

REFERÊNCIAS BIBLIOGRÁFICAS

ALBUQUERQUE, E. Medeiros. *Quando eu era vivo*. Rio de Janeiro: Record, 1982.

BROCA, Brito. *A vida literária no Brasil, 1900*. Rio de Janeiro: José Olympio/Academia Brasileira de Letras, 2004.

SCHWARCZ, Lilia Moritz (com Paulo César De Azevedo e Ângela Marques da Costa). *A longa viagem da biblioteca dos reis: do terremoto de Lisboa à independência do Brasil*. São Paulo: Companhia das Letras, 2002.

WILCKEN, Patrick. *Império à deriva: a corte portuguesa no Rio de Janeiro, 1808-1821*. Rio de Janeiro: Objetiva, 2005.

SOBRE OS AUTORES

LUCIANA SANDRONI nasceu no Rio de Janeiro, em 1962. Escritora e roteirista, já publicou vários livros voltados para crianças. Esta obra faz parte de uma série de livros de muito sucesso, cujos primeiros títulos são *Ludi vai à praia*, *Ludi na TV* e *Ludi na Revolta da Vacina*. Por este último livro Luciana recebeu o Prêmio Carioquinha, da Prefeitura do Rio de Janeiro, e o Prêmio O Melhor para a Criança, da FNLIJ. Pelo livro *Minhas memórias de Lobato* recebeu o Prêmio Jabuti, da CBL, na categoria Melhor Livro Infantil.

EDUARDO ALBINI nasceu no Uruguai e mora no Rio de Janeiro há mais de 30 anos. Foi professor de desenho da PUC-RJ e do Curso Politécnico da Faculdade Estácio de Sá. Como artista plástico, participou de exposições individuais e coletivas e ganhou muitos prêmios. Já ilustrou vários livros para crianças e jovens e recebeu o selo Altamente Recomendável, da FNLIJ. É também colaborador do jornal *Folha de S.Paulo*.

AGRADECIMENTOS

Contei com a ajuda de várias pessoas na realização deste texto. Agradeço especialmente a Georgina Staneck, da Biblioteca Nacional, pela ideia e pelo estímulo, e também à turma da visita guiada: Dário de Oliveira, Ednalva Tavares e suas estagiárias.

Agradeço aos meus pais, Laura e Cícero, pelo incentivo de sempre.

Luciana Sandroni

A marca FSC® é a garantia de que a madeira utilizada na fabricação do papel deste livro provém de florestas que foram gerenciadas de maneira ambientalmente correta, socialmente justa e economicamente viável, além de outras fontes de origem controlada.

Esta obra foi composta em Bodoni Roman e Minion Pro e impressa pela Gráfica HRosa em ofsete sobre papel Alta Alvura da Suzano S.A. para a Editora Schwarcz em outubro de 2022